## Liebe Eltern!

(Vor)Lesen macht Ihr Kind schlauer!
Lesen regt die Fantasie an, fördert die Sprache und den Wortschatz Ihres Kindes und macht es fit für die Herausforderungen der Schule und der digitalen Welt.

Der Buchklub unterstützt Maßnahmen, die das Vorlesen und miteinander Lesen in Österreich fördern.

BUCH KLUB

PROJEKT 2020

Christine Nöstlinger

# MINI unter Verdacht

Illustrationen
von Christiana Nöstlinger

ullmann medien um

Gesamtherstellung: Ullmann Medien GmbH
Rolandsecker Weg 30, D-53619 Rheinbreitbach

www.ullmannmedien.com

Illustrationen von Christiana Nöstlinger
Covergestaltung: Stefanie Jung
unter Verwendung eines Motivs von Christiana Nöstlinger

Die Hermine Zipfel ist acht Jahre alt. Sie ist sehr lang und sehr dünn, sehr rothaarig und sehr sommersprossig. Alle Leute sagen MINI zu ihr.

Bloß ihr Bruder, der Moritz, nennt sie oft „Hermine". Weil er sie gern ärgert. Den Namen Hermine mag die Mini nämlich nicht. Sie findet, er klingt nach uralter Tante. Mit dem Moritz hat es die Mini überhaupt nicht leicht. Er ist kein sehr netter Bruder. Nennt er seine Schwester nicht „Hermine", nennt er sie „Bohnenstange" oder „Lange Latte". Manchmal auch „Tugendbolzen". Weil die Mini in der Schule sehr gute Noten hat. Und weil sie mit der Mama und dem Papa fast nie Streit hat.

Der Moritz hat keine guten Noten. Und mit der Mama oder dem Papa hat er in letzter Zeit beinahe jeden Tag Streit. Meistens gibt es schon am Morgen den ersten Krach. Weil der Moritz beim Frühstück schnell noch seine Hausaufgaben hinschmiert.

Nach der Schule bin
ich zu müde!
Da muss ich mich
erholen!

Meistens erholt sich der Moritz nach der Schule vor dem Fernseher. Oder er liegt auf seinem Bett und liest zum hundertsten Mal sein Lieblingsbuch.
Das Buch hat den Titel DER ROTE RÄCHER.

Der „Rote Rächer“ ist ein Außerirdischer. Er kommt jedes Wochenende in seinem Mini-Ufo vom Stern Alpha 99 auf die Erde und und hilft den guten Kindern und bestraft die bösen.

Das fällt ihm leicht, weil er sich unsichtbar machen kann. Auch die Gedanken der Menschen kann er alle lesen. Außerdem hat er Riesenkräfte und steckt vom Hals bis zu den Zehen in einem roten Trikot.

Gibt es am Morgen keinen Krach mit dem Moritz, gibt es ihn am Abend. Da will er wieder ewig lang im ROTEN RÄCHER lesen und kriegt einen Wutanfall, wenn der Papa das Licht in seinem Zimmer ausknipst.

Wüssten die Mama und der Papa, welchen Unfug der Moritz seit Wochen noch macht, gäbe es sicher jeden Tag dreimal Streit. Aber nur die Mini weiß davon. Und sie hält den Mund. Ist der Moritz auch nicht nett zu ihr, sie verpetzt ihn trotzdem nicht und erzählt niemandem, dass er sein ganzes Taschengeld für Mampfi-Müsli ausgibt. Und das Geld, das ihm die Oma schenkt, auch. Er kauft im Supermarkt Mampfi-Packungen, reißt sie auf, holt das Fußballer-Klebebild raus und wirft die volle Müsli-Packung in den nächsten Papierkorb.
Das ist nämlich so: Alle Jungen in der Schule sammeln diese Fußballer-Bilder und kleben sie in ihr Fußball-Album. Der Jo aus der Klasse vom Moritz hat schon fast alle leeren Rechtecke in seinem Album beklebt.

Alle anderen haben auch schon viele Bilder gesammelt. Bloß der Moritz hat grausiges Pech. Aus jeder Mampfi-Packung holt er denselben Fußballspieler!

Einen Hansi Huber, der bei einem Pimperl-Verein spielt und ganz unbekannt ist.

So hat der Moritz erst ein einziges Bild im Album, aber ein ganzes Schächtelchen von Hansi-Huber-Bildern, die keiner mit ihm tauschen will, weil jeder sowieso schon einen Hansi Huber im Album kleben hat.

Der Mini tut der Moritz deswegen leid. So leid tut er ihr, dass sie zum Frühstück immer eine riesige Portion Mampfi-Müsli runter würgt. Damit die Mama bald wieder eine neue Packung Müsli kaufen muss.

Obwohl ihr dieses Müsli überhaupt nicht schmeckt und ihr ein Butterbrot mit Nutella viel lieber wäre.
Die Maxi, Minis beste Freundin, schüttelt darüber den Kopf.

Die Maxi hat zwei große Schwestern und lässt sich von denen nichts gefallen. Sie lässt sich von überhaupt niemandem etwas gefallen und versteht nicht, dass sich die Mini vom Moritz so viel gefallen lässt.

Oft sagt sie: „Wäre der Moritz mein Bruder, ich würde ihn garantiert jeden Tag dreimal verhauen!"
Dann sagt die Mini immer, dass es der Moritz nicht wirklich böse meint und dass er auch sehr nett und sehr lieb sein kann.
„Aber doch nur dann, wenn der kleine Stöpsel etwas von dir will!", behauptet die Maxi. Und die Mini behauptet, dass das nicht stimmt. Doch sie weiß genau, dass die Maxi recht hat.
„Kleiner Stöpsel" nennt die Maxi den Moritz deswegen, weil er zwei Jahre älter als Mini, aber kein bisschen größer ist; was ihn sehr ärgert.
Übrigens:
Die Maxi ist auch ein „kleiner Stöpsel". Sie ist das kleinste Kind in der Klasse.

Am ersten Tag nach den Osterferien dann brachte der Jo aus der Klasse vom Moritz sein Fußball-Album in die Schule mit. Stolz zeigte er es in der Pause auf dem Schulhof herum.

In den Ferien hatte ihm eine Tante die drei Bilder, die noch gefehlt hatten, gebracht. Alle Jungs bewunderten das volle Album und erklärten ihn zum „Sammel-Sieger".

Die Mini bewunderte das Album vom Jo auch. Sogar sehr lange! Jedes Bild schaute sie an, keine Seite ließ sie aus. Dabei interessieren sie Fußballspieler kein bisschen. Aber der Jo interessierte die Mini!
Er gefiel ihr unheimlich gut. Der schönste, netteste und klügste Junge der ganzen Schule war er für sie. Richtig verknallt war sie in ihn. Seit Herbst schon. Aber Jungen aus der vierten Klasse scheren sich um Mädchen aus der zweiten Klasse nicht. Die sind für sie „Babys“, mit denen man nicht mehr als nötig redet.
Darum fand es die Mini toll, ganz nahe beim Jo zu stehen und im Album zu blättern. Und sie wurde knallrot im Gesicht, als der Jo sagte: „Super! Endlich einmal ein Girl, das Vernunft hat …“

... und sich für Fußball interessiert!

Die Mini und die Maxi gehen immer zusammen in die Schule. Die Maxi wohnt gleich um die Ecke. Meistens wartet sie schon vor dem Haus, wenn die Mini zur Tür rauskommt.
Als die Mini und die Maxi am zweiten Tag nach den Osterferien in die Klasse kamen, erzählte ihnen der Alex aufgeregt: „Dem Jo hat gestern jemand das Fußball-Album gestohlen! Wie er heimgekommen ist, war es nicht mehr im Rucksack!"
Die Elvira sagte: „Mädchen stehlen so etwas nicht, das war ein Junge aus seiner Klasse!"
„Kann auch wer anderer gewesen sein", sagte der Michl. „Die Vierte war in der dritten Stunde im Turnsaal. Da hat jeder in die leere Klasse rein gehen und es aus dem Rucksack nehmen können."

In der großen Pause dann ging der Jo von Klasse zu Klasse und legte auf jeden Lehrertisch einen kopierten Zettel. Auf den hatte er in Schönschrift geschrieben:

Lieber Dieb,
mein Album bedeutet mir viel.
Bitte gib es mir zurück.
Damit du unerkannt bleibst,
schicke es mit der Post.
Meine Adresse:
Lerchengasse 4/5
Besten Dank Dein
Jo Haslinger

Beim Abendessen fragte der Papa: „Wie war es denn in der Schule? Irgendetwas los gewesen?"
„Nichts", murmelte der Moritz und säbelte sein Schnitzel kurz und klein. „Stinke öd wie immer war es."
Die Mini rief: „Doch! Dem Jo hat gestern jemand das Fußball-Album gestohlen. Echt verzweifelt ist er! In jede Klasse hat er einen Brief gelegt. Darin bittet er den Dieb um Rückgabe."
„Der arme Kerl!", sagte die Mama. „Aber vielleicht bereut es der Dieb ja wirklich und gibt es ihm zurück."
„Hoffentlich!", sagte die Mini. „Ich halte ihm beide Daumen."
„Reuige Diebe sind leider eine Seltenheit", sagte der Papa.

Der Moritz sagte gar nichts. Das kam der Mini irgendwie merkwürdig vor.
Und am nächsten Morgen wollte der Moritz kein Mampfi-Müsli, sondern ein Butterbrot mit Honig.

Der Moritz gab Mini keine Antwort. Und die Mini dachte sich: ‚Also, irgendetwas stimmt da ganz und gar nicht!'

Am Nachmittag ging die Mama mit dem Moritz zum Arzt. Weil dem Moritz auf der rechten Ferse eine Warze gewachsen war. Die Mini wollte nicht mitkommen. Im Wartezimmer vom Arzt zu hocken und zu warten, bis der Moritz endlich an der Reihe war, ist ja nicht lustig. So blieb sie lieber allein daheim.
Zuerst schaute sie ein bisschen fern. Dann hörte sie ein bisschen Musik, und dann wollte sie ihre Hausaufgaben machen. Doch die Tintenpatrone in ihrer Füllfeder war leer. Sie durchsuchte alle Schreibtischschubladen, aber sie fand nur rote Patronen. Und „Rot" ist die Lehrer-Farbe. Mit roter Tinte dürfen Schüler ihre Hausaufgaben nicht schreiben. ‚Der Moritz', dachte die Mini, ‚hat sicher blaue Patronen.'

Auf der Zimmertür vom Moritz klebt ein Schild.

EINTRITT NUR MIT ERLAUBNIS

steht drauf.
Die Mama und der Papa scheren sich kein bisschen um das Schild. Sie gehen ins Zimmer vom Moritz, ohne zu fragen, ob sie reinkommen dürfen. Sie klopfen vorher nicht mal an die Zimmertür. Darüber ärgert sich der Moritz grün und blau. Aber er selbst geht immer in Minis Zimmer, ohne vorher anzuklopfen und zu fragen, ob er reinkommen darf.
Doch die Mini hat sich bisher immer an das Schild gehalten. Auch dann, wenn der Moritz nicht daheim war.
Aber nun dachte sie sich: ‚Wenn ich mir schnell eine blaue Patrone hole, merkt er es ja nicht.‘

Sie lief ins Zimmer vom Moritz. Auf dem Schreibtisch lag bloß das Rote-Rächer-Buch. Also schaute sie in die Schreibtisch-schubladen. Drei waren mit Krimskrams vollgestopft.

Als sie die vierte Schublade aufzog, bekam sie Herzklopfen und Zitterknie.
In der Lade lag das Fußball-Album vom Jo!

Vor Schreck schob die Mini blitzschnell die Schublade wieder zu und rannte aus dem Zimmer. Sie setzte sich im Flur auf den Sessel neben dem Telefon und dachte ratlos:

Immer wenn die Mini ganz ratlos ist, fällt ihr ein: ‚Die Maxi wird mir weiterhelfen! Die Maxi kennt sich im Leben aus!'

Die Mini angelte sich das Telefon und wählte Maxis Nummer. Die Maxi hat ein Handy. Das hat ihr ihre Oma geschenkt.

Drei Minuten später war die Maxi bei der Mini. Und die Mini erzählte ihr, was sie entdeckt hatte.

„Du musst ihn einfach zwingen, dass er dem Jo das Album zurückschickt!“, sagte die Maxi.
Die Mini schüttelte den Kopf. „Er hört doch nicht auf mich“, sagte sie. „Er wird sich bloß aufregen, dass ich in seinem Zimmer gewesen bin und sagen, dass mich das nichts angeht!“
„Dann drohe ihm, dass du es euren Eltern sagst!“ schlug die Maxi vor.
„Er weiß doch, dass ich ihn nie im Leben verpetzen würde“, sagte die Mini.
Die Maxi schloss die Augen. Das tut sie immer, wenn sie sehr angestrengt nachdenkt. Die Mini schaute ihr beim Nachdenken zu und wartete geduldig. Ziemlich lang wartete sie. Endlich machte die Maxi wieder die Augen auf.

ICH? WAS MEINST DU?
OKAY! DANN ERLEDIGST EBEN DU DAS!

Die Maxi holte das Fußball-Album aus dem Zimmer vom Moritz.
„So!“, sagte sie. „Das schicken wir jetzt dem Jo mit der Post! Und deinem sauberen Herrn Bruder legen wir dafür eine saftige Botschaft in die Schublade, eine, die sich gewaschen hat!“
„Welche saftige, gewaschene Botschaft denn?“, staunte die Mini.
Die Maxi kicherte und sagte: „Eine Botschaft vom Roten Rächer bekommt er! Dieser außerirdische Ufo-Komiker ist doch dem Moritz sein großes Idol, oder nicht?“
Die Mini nickte. „Ja – schon“, sagte sie, „aber ich kapier nicht, was du vorhast!“
„Dann bring mir schnell ein großes Blatt Zeichenpapier und einen dicken, roten Filzstift“, verlangte die Maxi. „Dann wirst es schon merken!“

Die Mini brachte ihr das Zeichenpapier und den dicken, roten Filzstift, und die Maxi schrieb mit riesigen roten Blockbuchstaben auf das Zeichenpapier:

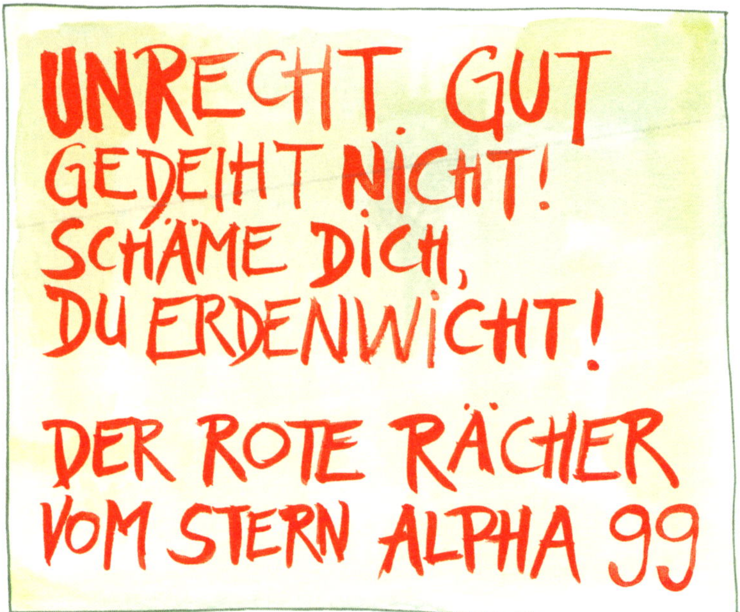


„Und du“, sagte sie zur Mini, „nimmst jetzt Packpapier und wickelst das Album rein. Und schreibst die Adresse vom Jo drauf. Briefmarken brauchen wir auch!“

Die Maxi legte die Rächer-Botschaft in den Schreibtisch vom Moritz, die Mini suchte Packpapier und Briefmarken. Briefmarken fand sie, Packpapier fand sie leider nicht.

Die Maxi tat das Album in eine Tragetasche und sagte: „Wir flitzen in die Lerchengasse und hängen das Album an die Türklinke. Eh besser! So kriegt es der Jo noch heute!"

Dann nichts wie los!

Die Mini und die Maxi zogen sich gerade im Flur die Jacken an, da ging die Wohnungstür auf und der Moritz hüpfte, schrecklich stöhnend, auf einem Bein herein. Hinter ihm kam die Mama. Sie schien ein bisschen sauer zu sein.
Sie half dem Moritz aus der Jacke und sagte: „Moritz, übertreibe nicht, man hat dir kein Bein amputiert, sondern eine Warze entfernt!“
„Du hast ja keine Ahnung, wie entsetzlich weh das tut“, greinte der Moritz, hüpfte auf einem Bein in sein Zimmer, ließ sich auf sein Bett fallen und rief: „Aber morgen kann ich unmöglich in die Schule gehen!“
Die Mama seufzte, zog den Mantel aus und sagte: „Ich mache ihm einen Fencheltee. Der beruhigt angeblich!“

Die Mini und die Maxi schlüpften in die Schuhe. Die Mini nahm die Tragetasche. „Bis gleich dann“, rief sie zur Küche hin, wo die Mama den Fencheltee aufsetzte.

Bitterkalt war es draußen. Der Himmel war dunkelgrau und ein grausiger, feuchter Wind blies.
Um schnell zur Lerchengasse zu kommen, mussten die Mini und die Maxi durch den Park laufen. Die Wege im Park waren kein bisschen gestreut und ziemlich vereist.
„Wir hätten Schlittschuhe anziehen sollen", rief die Maxi und rutschte lachend auf den total vereisten, spiegelglatten Spielplatz zu. Die Mini segelte hinter ihr her und ruderte mit den Armen, um das Gleichgewicht nicht zu verlieren.
Da tauchten plötzlich zwischen den kahlen Büschen am Rand vom Spielplatz drei Jungen aus der Klasse vom Moritz auf und schlitterten auf die Mini und die Maxi zu. Der Peppo, der Markus und der Felix.

Die Mini wollte den dreien Platz machen, verlor das Gleichgewicht und fiel hin. Die Tragetasche glitt ihr aus der Hand und das Album flutschte heraus.

Es rutschte über den spiegelglatten, eisigen Beton auf den Markus, den Peppo und den Felix zu und landete vor den Stiefeln vom Felix. Der bückte sich und hob es auf.

Stocksteif vor Schreck saß die Mini auf dem Eis. Kein Wort brachte sie raus.

Der Felix sagte: „Also echt! Den Dieb hätte ich mir anders vorgestellt!“
Der Peppo sagte: „Weil Diebe eben nie wie Diebe ausschauen!“
Der Markus sagte: „Die hat es überhaupt faustdick hinter den Ohren. Da braucht ihr nur den Moritz fragen.“
Und dann sagte der Felix doch glatt noch: „Wahrscheinlich hat sie für das Album Lösegeld kassieren wollen!“
Die Maxi half der Mini vom Eis hoch und rief: „Ihr Deppen! Sie hat das Album gefunden, wir wollten es gerade dem Jo zurückbringen!“
„Das kann jeder behaupten!“, sagte der Peppo.
„Wo hat sie es denn gefunden?“, fragte der Markus und grinste hämisch.

Nun kam sogar die Maxi ins Stottern.
„Das – das – muss sie euch nicht sagen“, rief sie.
„Braucht sie nicht!“, sagte der Markus. „Ist sowieso klar! Im Rucksack vom Jo hat sie es gefunden!“
Er klemmte sich das Fußball-Album unter den Arm und sagte zum Peppo und zum Felix: „Zum Jo! Den machen wir jetzt glücklich!“ Die drei flitzten los zur Lerchengasse.

Die Mini fing zu weinen an. „Jetzt stehe ich als Diebin da!“, schluchzte sie. „Und dass mich auch der Jo für eine Diebin hält, das ertrage ich nicht!“

„Nun muss eben doch die Wahrheit ans Licht“, sagte die Maxi. „Das wird ja wohl sogar der kleine Stöpsel einsehen!“

Doch die Mini schüttelte heulend den Kopf. Nie im Leben, schluchzte sie, wird sie ihren Bruder verpetzen!

Meistens merkt die Mama, dass Mini Kummer hat. An diesem Abend merkte sie es nicht, weil der Moritz unentwegt etwas von ihr wollte. Er lag auf dem Bett, mit drei Kissen unter dem Warzen-Fuß, und brüllte alle zwei Minuten nach der Mama.

Dauernd brauchte er etwas. Einen Saft, ein Butterbrot, etwas zum Lesen oder ein Stück Schokolade. Und den Fernsehapparat sollte ihm die Mama ins Zimmer schieben.

Er behauptete, vor Schmerz garantiert ohnmächtig zu werden, würde er mit dem „operierten" Fuß auftreten. Und auf einem Bein hüpfen könne er auch nicht mehr. Dazu sei er inzwischen viel zu schwach. Er könne sich nicht mal aufsetzen.

Als er aufs Klo wollte, musste ihn die Mama stützen. Und das Abendessen ließ er sich ans Bett servieren. Aber bei gutem Appetit war er! Zwei Teller Nudeln verdrückte er.

Am nächsten Morgen war der Mini speiübel. Gern wäre sie wieder ins Bett gekrochen und hätte sich die Decke über den Kopf gezogen und sich tot gestellt.

Doch sie dachte sich: ‚Wenn die Mama und der Papa zur Arbeit gefahren sind, steht der Moritz sicher auf. Und dann merkt er, dass das Album vom Jo weg ist. Und findet die Botschaft vom ROTEN RÄCHER. Da will ich lieber nicht dabei sein.'

‚Und irgendwann einmal', dachte die Mini, ‚müsste ich ja doch wieder in die Schule gehen. Ewig kann niemand krank spielen, nicht einmal der Moritz! Also bringe ich das besser gleich heute hinter mich!'

Zehn Minuten vor acht Uhr packte sich die Mini den Rucksack auf den Rücken, sagte zur Mama und zum Papa „Tschüssi" und marschierte ab. Vom Moritz, der im Bett saß und Frühstück mampfte, verabschiedete sie sich nicht. Zum ersten Mal im Leben war sie stocksauer auf ihn! Der Moritz hatte ihr ja schon allerhand angetan. Aber dass sie nun wegen ihm vor allen Kindern als Diebin dastand, das war einfach zu viel! Und dass sie jetzt auch der Jo für eine Diebin hielt, das war überhaupt nicht auszuhalten!

Die Mini zockelte langsam die Treppe runter. Speiübel war ihr, Knieschlottern hatte sie. Und Ohrensausen. Und Bauchziehen. Ihr einziger Trost war, dass vor der Haustür die Maxi auf sie warten würde.
‚Der Maxi', dachte sie, ‚fällt doch immer etwas Kluges ein! Vielleicht hat sie eine gute Idee, was ich tun kann, damit ich vor dem Jo und den anderen nicht als Diebin dastehe!'
Bloß stand an diesem Morgen die Maxi noch gar nicht vor dem Haus. Die war beim Bäcker an der Straßenecke und wartete darauf, an die Reihe zu kommen. Eine Zimtschnecke mit Zuckerguss für die Mini wollte sie kaufen. Weil die Mini Zimtschnecken mit Zuckerguss unheimlich gern isst. Und weil der Maxi sonst nichts eingefallen war, um der Mini zu helfen.

Aber jemand anderer wartete vor der Haustür. Der Jo!

Die Mini starrte den Jo an. Endlich brachte sie raus: „Ich habe dir dein Album nicht gestohlen, ehrlich nicht!“
„Klar“, sagte der Jo. „Ich weiß eh, wer es gewesen ist!“
Der Jo zog den Schülerausweis vom Moritz aus der Jackentasche.
„Den hat der Blödmann drin vergessen“, sagte er und gab ihn der Mini.
Langsam gingen die Mini und der Jo die Straße runter. Zwanzig Schritte hinter ihnen ging die Maxi mit der Zimtschnecke. Sie wollte die beiden nicht stören.
„Echt Moritz, dass er dich das erledigen lässt“, sagte der Jo.
„Er weiß gar nichts davon“, erklärte die Mini dem Jo. Und dann erzählte sie ihm, wie es wirklich gewesen war.

Die Mini wurde knallrot im Gesicht.

Der Jo sagte, dass er zwar gute Lust hätte, den Moritz auffliegen zu lassen. Aber der Mini zuliebe werde er es nicht tun.

Er werde allen in der Schule erzählen, dass die Mini seine allerbeste Freundin sei. Und für die lege er seine Hand ins Feuer. Auf der Bank bei der Bushaltestelle sei das Album gelegen, dort hätten es die Mini und die Maxi gefunden und ihm bringen wollen.

Wer der wirkliche Dieb gewesen sei, werde leider auf ewig ein Geheimnis bleiben. Aber Hauptsache, das Album ist wieder da!

„Nur ist halt der Haken an der Geschichte", sagte der Jo, „dass du ab jetzt so tun musst, als wären wir zwei die allerbesten Freunde!"
„Also, das kriege ich leicht hin", rief die Mini und wurde wieder knallrot im Gesicht.
„Und ich sowieso", sagte der Jo.

Der Jo hielt Wort. In den Pausen wanderte er in der Schule herum und ratschte seine Geschichte runter. Der Markus und der Peppo und der Felix kamen zur Mini und schworen, dass sie Mini nie im Leben wirklich für eine Diebin gehalten hätten! Die Mini nahm ihnen das zwar nicht ab, aber sie nickte und tat, als ob sie es glaubte. Und die Maxi sagte nach der Schule zur Mini: „Na, dieses Problem hätten wir ja supertoll gelöst!"
Die Mini dachte: ‚Noch nicht ganz. Da ist nämlich noch der Moritz, und wie ich dem das alles erkläre, weiß ich echt nicht!'
Aber das sagte sie der Maxi nicht. Weil die sie bloß ausgelacht hätte. Der Moritz, hätte sie gesagt, müsse sich rot schämen und den Mund halten.

Als die Mini heimkam, waren die Mama und der Papa von der Arbeit noch nicht zu Hause. Der Moritz lag auf seinem Bett und starrte an die Zimmerdecke.

Die Mini setzte sich zu ihm. Sie hatte sich vorgenommen, ihm alles zu erzählen. Aber weil ihr das nicht leichtfiel, fragte sie zuerst einmal: „Soll ich dir einen Saft holen?“

Der Moritz schüttelte den Kopf, dann fragte er: „Glaubst du an Außerirdische?“
„An die von Alpha 99?“, fragte Mini zurück. Der Moritz nickte.
„Solange ich keinen gesehen habe“, sagte die Mini und bemühte sich, nicht zu grinsen, „glaube ich nicht an sie!“
„Und wenn einer eine Botschaft hinterlassen hätte?“, fragte der Moritz.
„Eine Botschaft?“ Die Mini tat, als verstünde sie rein gar nichts.
„Und wenn etwas weg ist, was vorher da war?“, fragte der Moritz.
„Dann war ein Dieb da“, sagte die Mini.
„Du bist so was von blöd!“, rief der Moritz. „Mit dir kann man nicht reden! Lass mich in Ruhe!“ Seine Stimme klang, als ob er gleich zu weinen anfangen würde.

Die Mini ging in die Küche und schmierte sich ein Butterbrot und belegte es mit Schinken und Käse und Gurkenscheiben.

Dabei dachte sie: ‚Gut, dass ich dem Moritz nicht gleich die Wahrheit gesagt habe! Soll er doch ruhig glauben, dass dieser Rote Rächer von Alpha 99 da gewesen ist und das Album vom Jo mitgenommen hat. So erspare ich mir den Streit mit ihm. Und seinen Ausweis stecke ich ihm einfach wieder in die Schultasche.‘

Minis Papa muss oft Überstunden machen. Die Mama, die Mini und der Moritz saßen schon beim Abendessen, als er kam. Der Papa setzte sich an den Tisch und schöpfte sich Gemüsesuppe auf den Teller.

Der Papa erzählte, dass er in der U-Bahn den Felix aus der Klasse vom Moritz getroffen habe.

„Der hat mir erzählt", sagte der Papa, „dass er unsere Mini eh nur kurz für eine Diebin gehalten hat. Weil ihr irgendein Album vom Jo aus irgendeiner Tasche gefallen ist. Ich habe echt nur Bahnhof verstanden!"

Kaum hatte es der Papa gesagt, sprang der Moritz blitzschnell auf und stürzte sich auf seine Schwester.

Der Papa ließ vor Schreck den Löffel fallen. Der Löffel platschte in den Teller, viel Suppe spritzte auf den Tisch. Die Mama packte den Moritz und zerrte ihn von Mini weg.

Völlig vergessen hatte der Moritz den Warzen-Fuß. Zornig stampfte er mit ihm auf. „Sie hat mir das Album gestohlen!“, brüllte er und wollte wieder auf Mini losgehen. Aber die Mama hielt ihn fest.

„Wieso dir?“, fragte der Papa total ratlos. „Der Felix hat mir doch erzählt, dass dem Jo ein Album gestohlen worden ist! Ist dir denn auch eines gestohlen worden?“

Tja, und dann kam eben alles raus! Der Moritz heulte zwar gewaltig, aber so richtig zerknirscht war er trotzdem nicht. Dauernd schluchzte er, dass er doch kein wirklicher Dieb sei.

Er habe doch nur der Gerechtigkeit nachgeholfen, schluchzte der Moritz. Weil es nämlich total ungerecht ist, wenn der Jo in jeder Mampfi-Müsli-Packung eines von den Fußballer-Bildern findet, die ihm noch fehlen, aber er selbst immer bloß diesen blöden Hansi Huber rausholt! Obwohl er von seinem ganzen Taschengeld Mampfi-Müsli kauft!

Der Moritz wischte sich die Tränen von den Wangen und den Rotz von der Oberlippe. Ziemlich erstaunt schaute er. Und ziemlich zufrieden. Damit hatte er wirklich nicht gerechnet!

„Und darum, mein Sohn“, sagte der Papa, „wirst du morgen deine fünf ferngesteuerten Rennautos verschenken. Es gibt nämlich viele Kinder, die gar keines haben!“

„Wegen der Gerechtigkeit, Moritz“, sagte die Mama.
„Ich kenne aber überhaupt keinen, der kein ferngesteuertes Rennauto hat!“, rief der Moritz. „Alle, alle, alle haben eines!“
„Da mach dir bloß keine Sorgen“, sagte der Papa. „Das erledigen wir schon.“
Nun war der Moritz aber wirklich total zerknirscht.
Die Mini dachte: ‚Gleich wird er zu betteln und zu feilschen und zu handeln anfangen, dass er nicht alle fünf Rennautos hergeben muss und wenigstens eines behalten darf!‘
Doch da hatte sie sich geirrt. Der Moritz ging in sein Zimmer und eine halbe Stunde später brachte er fünf große Kartons ins Wohnzimmer, stellte sie wortlos auf den Teppich und marschierte wieder ab.

„Ist ihm sicher nicht leichtgefallen", sagte die Mama.
„Wird ihm aber eine Lehre sein", sagte der Papa.

Der Papa und die Mama schüttelten den Kopf. Und dabei schauten sie so drein, dass der Mini klar war: Es hat keinen Sinn, weiter darüber zu reden!

Viel später, da lag die Mini schon im Bett, kam der Moritz zu ihr ins Zimmer.

Dann machte er kehrt und rannte blitzschnell aus Minis Zimmer.

Die Mini zog sich die Decke bis zum Hals, schloss die Augen und dachte:

Sie murmelte: „Das war echt ein guter Tag!" Und dann schlief sie ein.